FABLES.

FABLES,

PAR

C. G. SOURDILLE DE LA VALLETTE.

Composées en 1826 et 1827.

PARIS,

IMPRIMERIE DE FIRMIN DIDOT,

IMPRIMEUR DU ROI, RUE JACOB, N° 24.

MDCCCXXVIII.

 Dédicace.

A MM. CASTEL ET DE CHEVIGNÉ.

Du sommet du Pinde, Castel,

Vous accueillerez un profane,

Et du chantre heureux de Diane

J'espère un souris fraternel.

A vos leçons, à son exemple,

Oui, je dois le peu que je vaux.

Dédicace.

Inhabile à m'ouvrir le temple,

Que vous ont ouvert vos travaux,

Sur le seuil mon amitié tendre

Veut du moins vous offrir ces vers,

Où par la voix d'êtres divers

La vérité se fait entendre.

PRÉFACE.

Le Manuscrit et l'Auteur.

Mon manuscrit, hier, me disait mot pour mot:

Comment! nous allons chez Didot!

Sais-tu donc à quoi tu t'exposes?

Comprends-le, si tu peux, et marchons, si tu l'oses.

D'abord je ne te dirai pas:

Gare les quais, gare les rats!

C'est un malheur commun; chaque jour plus d'un livre,

A peine né, cesse de vivre:

Ton parti là dessus est pris, j'en suis certain.

Mais ne pouvais-tu donc, complaisant écrivain,

Vanter du temps passé les abus, l'ignorance?

Accuser du talent la noble indépendance?

Ou, dans ces vers légers dont il ne reste rien,

Vaporeux nourrisson des muses romantiques,

Soupirer en bâillant des sons mélancoliques?

Je serais mort en paix, par cet heureux moyen.

    Loin de là, rimeur téméraire,

Tu parles sans respect d'un ordre qu'on tolère,

Et qu'un pape et dix rois ont en vain condamné:

    C'en est fait, te voilà damné.

    Puis vient le tour du ministère;

    Sur plus d'un projet avorté

    Ta muse n'a pas su se taire:

Te voilà convaincu de lèse-majesté.

Peut-on être à la fois et fidèle et sincère?

Qui méprise Colin n'estime point son roi,

Et n'a (l'ignores-tu ?) *ni dieu, ni foi, ni loi.*

Allons , j'attends que tu répondes.

—Tais-toi : j'aime mon prince et j'aime mon curé.

Est-ce peu de le dire ? Eh bien ! je l'ai juré.

—Dans tes Fables, pourtant, à tout propos tu frondes.

— Sur ce grief sois rassuré :

Si je crie aux nochers : « Revenez au rivage ;

Loin du port qu'allez-vous braver ?»

C'est le cri d'un oiseau qui devine un orage ;

Il s'effraie, et veut nous sauver.

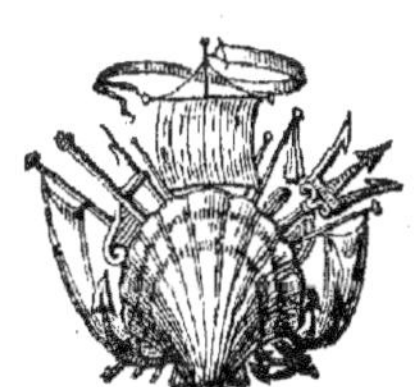

FABLE I.

Les deux Chèvres.

Deux Chèvres, pour même pasteur
Remplissant leurs longues mamelles,
Vivaient ensemble sans querelles,
Chacune selon son humeur :
C'était humeur de chèvre, et partant vagabonde ;
Elles allaient broutant les cytises fleuris
    Au moins une lieue à la ronde :
    On s'en plaignit dans le pays.
A ces courses enfin voulant mettre des bornes,
Le pasteur ennuyé s'avisa d'un moyen ;

L'une à l'autre il attache, avec un fort lien,

Ces promeneuses par les cornes.

Avec la liberté l'amitié s'en alla :

On ne vit plus au loin nos demoiselles.

L'une tirait par-ci, l'autre tirait par-là ;

(Époux, vous comprenez cela) :

C'étaient toujours noises nouvelles.

« Grimpons, ma sœur, sur ce rocher,

« Dit l'une un jour.—Eh! qu'y chercher?

« Je reste ici ; j'aime la plaine.

« —Vous grimperez, et de ce pas.

« — Je grimperai, ma sœur ? non pas. »

Bataille alors : on se pousse, on se traîne ;

Tour à tour on monte, on descend ;

Et la victoire est long-temps incertaine.

La plus faible à la fin se rend ;

Après sa sœur elle grimpe en silence,

Non sans méditer sa vengeance.

Puis, en apparence d'accord,

D'un pied hardi chacune avance

Vers un roc suspendu sur un abîme immense,

Voilà ces dames près du bord.

Tout à coup la chèvre vaincue

S'écarte du gouffre et se rue

Sur l'autre, qui tombe dedans;

Mais le lien fait aussitôt justice,

Et toutes deux en même temps

Roulent au fond du précipice.

Pour peu de chose, et quelquefois pour rien,

Toi qui ne rêves que vengeance,

Insensé, réfléchis! A celui qui t'offense

Tu peux tenir par un lien.

FABLE II.

La Diligence.

Sur une route, au pied d'une montagne,

D'écoliers un essaim nombreux

Jouait loin d'un régent qui, plus imprudent qu'eux,

Les laissait courir la campagne.

Au même endroit, d'un pas pénible et lent,

Six chevaux haletants traînaient la Diligence.

La côte était rapide et le soleil brûlant :

L'œil à peine aperçoit si le lourd char avance.

Un des marmots propose d'arrêter

Cette masse presqu'immobile :

On applaudit sans hésiter,

Tant la chose paraît facile :

En effet, chacun peut aller,

Sans être vu , se cramponner derrière ,

Et tirer le char de manière

A le faire dégringoler.

Pourquoi ce projet téméraire?

Lecteur, le sais-je plus que toi?

Quand l'homme, sans motif, entreprend mainteaffaire,

Comment à la gent écolière

Peut-on demander des pourquoi?

Enfin la bande à folle tête

S'accroche à la voiture et tire à qui mieux mieux.

Ils se disaient, déja tout glorieux :

« Ferme ; tenons ; la voilà qui s'arrête. »

Or, ils ne la retardaient pas

D'un pas.

Malgré leurs efforts et leur peine

On arrive au sommet ; le fouet claque, et soudain
L'attelage au grand trot s'élance dans la plaine.
　　Ceux qui n'ont pas vite lâché la main
　　　　Tombent le nez dans la poussière,
　　Et les passants raillent la troupe entière.

　　　　Ce char, c'est le char de l'état :
　　Pour l'arrêter dans sa route nouvelle
　　　　En vain s'agite et se débat
　　　　L'ignorance avec sa séquelle :
　　Bientôt, quittant l'ornière pour toujours,
　　Il partira d'une course plus prompte,
　　　　Et laissera couverts de honte
　　　　Nos politiques à rebours.

FABLE III.

Les As.

Le trèfle, le carreau, le cœur avec le pique

Jouaient un jour à certain jeu

Qu'en s'amusant inventa l'Amérique,

Qui ne s'amuse pas aujourd'hui de si peu.

Le Boston de son origine

Porte la preuve dans son nom :

Elle lui suffit, j'imagine,

Comme à mainte grande maison.

Or les As, au Boston cartes toutes puissantes,

Regardaient en pitié leurs sœurs,

Des hommes assez bien singeant les oppresseurs

Dans leurs manières méprisantes.

« A notre aspect, disaient-ils fièrement,

«Empressés et rampants les valets obéissent;

«Les dames, sans façons, cèdent en un moment;

« Même les rois nous craignent et fléchissent. »

Huit tours finis, du jeu le menu peuple ôté,

Les mêmes cartes vont jouer à l'Écarté.

Une voix dit: «J'ai l'As de pique.»

L'As aussitôt paraît tout glorieux;

Mais un valet audacieux

L'emporte, en lui faisant la nique.

Combien je sais de gens, admirés des benêts,

Qui, par une faveur étrange,

As aujourd'hui puissants, vaudront, si le jeu change,

Demain à peine des valets!

FABLE IV.

Les deux Tisons et la Pincette.

« TANT pis pour lui, dit l'un, qu'il me boude à son aise ;
    « Non, je ne le préviendrai pas.
« — Il peut regarder noir, dit l'autre ; à Dieu ne plaise
    « Que je fasse le premier pas. »
Qui parle ainsi ? Des amis ou des proches ?
On le croirait. Vous-même, sans reproches,
Lecteur, et moi peut-être, ainsi nous agissons.
Mais ici la querelle est entre deux Tisons.

Ils s'étaient donc fâchés (le motif, je l'ignore ;
Pour se fâcher, d'ailleurs, on n'en a pas besoin),
　　Et chacun, tombé dans un coin,
　　Aurait fumé long-temps encore
　Sans la visite et les soins obligeants
　　De la Pincette, leur voisine.
« Qu'avez-vous donc? dit-elle. Ah! quelle triste mine !
　　« Je n'aime pas à voir aux gens
　　« Une humeur boudeuse et chagrine.
« Vous, ce matin encor l'un à l'autre attachés,
« Vous vous fuiriez! Non pas : vous serez rapprochés.
« Toi, viens ici; toi, là; j'entends qu'on m'obéisse. »
A peine eut-elle agi que, se trouvant au mieux,
　　Les deux Tisons, ranimés et joyeux,
　　　Lui rendaient grâce du service.

Ainsi, dans nos foyers, par un adroit secours
　Un sage ami doit terminer la guerre.

On se pique; et de quoi? d'un rien, d'une misère;

Et sans le faux honneur, qui nous retient toujours,

La paix, que chacun veut, serait facile à faire.

FABLE V.

Le Précepteur.

ALFRED, jeune officier, après cinq ans de guerre,

Venait d'arriver chez sa mère.

(Pour une mère quel bonheur,

Si j'en juge d'après la mienne !)

« Approchez, s'il vous plaît; que je vous entretienne, »

Lui dit d'assez mauvaise humeur,

Le soir, son ancien Précepteur,

De Madame à présent le bibliothécaire;

Utile, autant qu'un ministre d'état,

Dans la maison, où l'on ne lisait guère.

D'abord, avant d'écouter leur débat,

Ne cachons rien : le jeune militaire

Avait, en bien dînant, par de joyeux propos

Déridé plus d'un front austère ;

A Lucile, tout bas, il avait dit deux mots ;

De nos guerriers sa voix avait chanté la gloire,

O vanitas vanitatum !

Et, ce qu'à peine encor le maître pouvait croire,

Au dessert il a bu du rhum !

« Hélas ! mon fils, quelle conduite !

« Est-ce donc là le fruit de mes sages leçons ?

« Le monde, le diable et sa suite

« Vous ont pris à leurs hameçons.

« Corrigeons-nous ; il en est temps encore.

« Nous nous levions jadis avec l'aurore ;

« Demain, si vous voulez, nous recommencerons ;

« C'est l'heure du travail : après quoi nous irons

« Écouter le sermon dans lequel un saint homme,

 « Tout à propos venu de Saint-Acheuil,

 « Doit, en trois points, nous démontrer que Rome

« Commande aux rois, et n'en a point d'orgueil.

«Nous pourrons lire ensuite. —Ah! monsieur, de vous plaire

« J'ai le plus grand desir, mais demain une affaire....

 «— Paix, cher Alfred; n'avez-vous plus de foi?

 « N'avez-vous plus d'égards pour moi?

«—Pardon, mon gouverneur; toujours je vous honore;

«Élevé par vos soins, je ne suis point ingrat:

« Toujours fidèle à Dieu, je l'aime, je l'adore;

 « Je ne suis point un renégat.

«Mais, pour ne pas discuter davantage,

« En moi cessez de voir un enfant sans raison:

«Lâchez donc la lisière; et, quand j'ai changé d'âge,

 «De grace, aussi, changez de ton.»

Retenez-bien cela, grands précepteurs des hommes;

Ne vous fatiguez point en efforts superflus ;

Acceptez-nous tels que nous sommes :

Le passé ne reviendra plus.

FABLE VI.

Le Papillon et la Chenille.

Un Papillon, dans mon parterre,

Étalait ses riches couleurs :

Il caressait toutes les fleurs

D'une aile orgueilleuse et légère.

Ah ! si vous aviez vu les airs

Que se donnait ce petit-maître !

Le fat ! A peine il vient de naître,

Et Dieu pour lui fit l'univers !

Tandis qu'il s'admire, qu'il brille,
Et va promenant ses dédains
Sur tous les hôtes des jardins,
Près de lui rampe une Chenille.

Il l'aperçoit : « Fi ! quelle horreur !
« Toi m'approcher ! comment ? tu l'oses !
« Fuis, vilaine ; et, loin de mes roses,
« Cache sous l'herbe ta laideur. »

Sans reproches et sans colère,
L'humble insecte lui répondit
Ce seul mot qui le confondit :
« Ainsi que moi rampait ta mère.»

Vous vantez vos biens et vos noms ;
Mais peut-être, dans vos familles,
Pourrait-on trouver les Chenilles
D'où sont sortis les Papillons.

FABLE VII.

Les États Généraux,

Convoqués par le Lion.

Roi puissant, doux et généreux,
Sire Lion voulut dans son empire
Rendre tous ses sujets heureux.
Les courtisans eurent beau dire,
De tous côtés partirent des hérauts,
Pour annoncer aux animaux,
Sur les monts , dans la plaine, au fond de la vallée,
Que le roi convoquait les États Généraux.

On espéra beaucoup d'une telle assemblée :

Des députés, élus d'un commun choix,

Contre la force allaient protéger la faiblesse,

En composant de bonnes lois

Dans l'intérêt de chaque espèce.

Mais les Loups aussitôt, les Renards, les Milans,

Pour s'assurer des voix ourdissent une intrigue.

Ici candidats fiers, là candidats rampants,

Tout leur est bon, menace et brigue.

Les choix tombent sur eux et sur toute la gent

A bec retors, à longue dent.

Il arrive pourtant, et je ne sais trop comme,

Qu'en dépit des meneurs, au canton de Paimbeuf,

Le bon sens prévalut ; pour député l'on nomme

Un Bœuf.

Ce Bœuf était un Bœuf de tête ;

Bœuf instruit, prudent, estimé :

Par avance, il se faisait fête

De soutenir les droits de l'opprimé.

Vingt fois il avait vu son travail inutile,

   Les Sangliers ravageant ses moissons;

Vingt fois Renards croquant et Poules et Pigeons,

    Loups dévorant force Moutons ,

Avaient ému son cœur et soulevé sa bile.

Quel danger pour les Loups! Mais ils l'avaient prévu.

Un Ane, leur ami, par leur soin fut élu :

Un Ane!... Pourquoi non? J'admire leur prudence;

    Une servile obéissance

Rend un Ane très-propre à plus d'un haut emploi:

«Seigneurs, dit humblement celui-ci, guidez-moi :

  « Je parle peu; pour vous que puis-je faire?

  «—Si ce gros Bœuf, frondeur, jaloux et sot,

    « Veut pérorer, au premier mot,

    « De tous tes poumons il faut braire;

«Lorsque nous parlerons, écouter et te taire ;

« Et, s'il veut répliquer, braire encor et rebraire.»

L'Ane comprit son rôle, et le joua si bien

    Qu'il força le Bœuf au silence :

    Grace à lui, l'on compta pour rien

    Et le bon droit et la science.

La horde de gloutons qu'on vit dans tous les temps

Peser sur le public et vivre à ses dépens,

Prouva par cent discours que tous, petits et grands,

Passaient des jours heureux, sans soucis, sans querelle,

    Unis d'une amour fraternelle ;

Qu'eux à peine faisaient usage de leurs dents ;

    Et que leur table mal servie

    Montrait par sa frugalité,

    Même au péril de leur santé,

    Leur scrupuleuse économie.

  Des députés le Lion tous les jours

  Ne manquait pas de lire les discours.

    Ce qu'on souhaite est doux à croire :

Il les crut donc et dit, si j'ai bonne mémoire :

« Je suis content de vous : loin de moi je craignais

    «Qu'on ne voulût tourmenter, vexer, mordre,

    «Cela troublait ma conscience ; mais

    «Vous m'assurez que tout marche dans l'ordre :

« Mon ministère est bon , Messieurs, allez en paix.

    Qui blâmer de ces personnages?

    Certes ce n'est pas le Lion;

    Il eut trop bonne intention :

Serait-ce donc les Loups? Constants dans leurs usages,

Les Loups sont toujours Loups; c'est leur métier : tant pis

    Pour vous qui les avez choisis.

FABLE VIII.

Le Charlatan.

Dans mon village, un jour (n'importe le pays,

Puisqu'on en voit autant partout, même à Paris),

   Un Charlatan adressait la parole

A la foule assemblée autour de ses tréteaux :

     « Messieurs, j'ai là, dans ma fiole,

     « Le seul remède à tous vos maux :

     « Voilà, Messieurs, voilà mon baume,

     « Que je vous apporte de Rome,

   « Où je l'ai composé d'ingrédients nouveaux.

     « J'ai parcouru mille provinces ;

«Dans l'univers entier mes succès sont prouvés;

« J'ai gouverné même des princes :

« Demandez-leur comme ils s'en sont trouvés.

« Vos médecins, dans ce royaume,

« A vous traiter n'entendent rien.

« Le mal , à mon aspect, fuit comme un vain fantôme :

« Ainsi, vous qui souffrez , vous qui vous portez bien,

« Approchez tous; voilà mon baume. »

Cet homme, selon moi, ne s'y prenait pas mal.

Annoncer hardiment, d'une voix imposante,

Un fait prodigieux, sans preuve, c'est égal;

L'incroyable nous plaît, la nouveauté nous tente.

Un auditeur sensé pourra rire de vous :

Un , oui; mais cent nigauds sont là prêts à vous croire.

N'a-t-on pas vu réussir parmi nous

Tour à tour Charlatans de gloire,

Charlatans de fidélité

Et Charlatans de liberté?

D'autres les ont suivis : au profit de sa banque

Un financier démontre, et sans qu'un chiffre y manque,

Que l'État est plus riche étant plus endetté ;

Des tartufes nouveaux, dans leur zèle affecté....

Mais chut!.... Nous approchons de l'espèce fatale

Qu'il faut garder pour ma morale :

Je reviens donc à mon héros.

Son ton tranchant, son bavardage,

Allaient sans doute attraper bien des sots,

Lorsque le maire du village

Lui dit: « Docteur de faux aloi,

« Vous voulez nous duper en dépit de la loi!

« Détalez vite, croyez-moi.

« Quand on a, comme nous, des médecins habiles,

« Vrais amis de l'humanité,

« Avale-t-on , en risquant sa santé,

« Les pilules d'un maître Giles?

De Loyola souples enfants,

Vous pérorez aussi, vous êtes triomphants;

Un trop crédule essaim s'abrite sous vos ailes.

Mais ne vous flattez point : nous avons nos pasteurs;

Nous les aimons, nous leur serons fidèles.

Quittez donc des ingrats, ô saints prédicateurs!

La France avec moi vous en prie :

On vous attend en Barbarie.

FABLE IX.

Les Tonneaux pleins et les Tonneaux vides.

De la France jusqu'à la Chine
Que Bacchus a d'adorateurs !
De Mahomet même les sectateurs
Savent le prix de sa liqueur divine.
Et le Coran ! Tu ris, lecteur ; mais toi,
Es-tu plus ferme sur ta loi ?
Ainsi ne raillons point : que pour toutes contrées,
Non sans profit, Reims et Bordeaux

De leurs richesses désirées

Chargent à l'envi nos vaisseaux.

Un vaisseau donc, chargé des précieux Tonneaux,

N'importe pour quel lieu du monde,

Sillonnait la plaine profonde.

Des Tonneaux vides, dans un coin,

Faisaient aussi même voyage;

Ils pouvaient servir au besoin,

Et gênaient fort peu l'équipage.

Ceux-là sont respectés, enviés et choyés;

On ne les heurte point: ceux-ci du moindre mousse

Reçoivent force coups de pieds;

Chacun les pousse et les repousse.

« Ces ventres creux ne nous sont bons à rien,

« Dit-on un jour; brisons-les vite;

« Ils feront bouillir la marmite.

« Ce sera d'ailleurs le moyen

« De nous donner un peu d'espace:

« A leurs dépens faisons-nous place. »
Mais tout à coup un horrible ouragan
　Soulève l'élément humide;
　Le navire vogue sans guide,
　Battu des flots et de l'autan.
Il va périr: aussitôt l'équipage
　Jette à la mer les Tonneaux pleins,
　Et retarde ainsi le naufrage.
Bientôt l'espoir a fui; tous les efforts sont vains.
Ces Tonneaux méprisés, que l'on voulait détruire,
　Attachés autour d'un radeau,
Offrent seuls à la fin un asile nouveau
　A tous les hôtes du navire.
　On gagna terre, et chacun dut
　Aux Tonneaux vides son salut.

　Aujourd'hui le riche est utile,
　Demain ce sera l'indigent.

Tout mépriser, hors les noms et l'argent,

Est d'une ame ignorante et vile.

Aux heureux du moment attachant votre sort,

Vous les cultivez seuls quand le vent est propice :

Si l'orage survient, qui vous rendra service ?

Qui vous conduira dans le port ?

FABLE X.

Les Poulets.

CERTAINES gens, qui font les bons apôtres,
Voudraient, pour s'engraisser, faire maigrir autrui;
Mais ce n'est plus le temps, et personne aujourd'hui
Ne veut maigrir pour engraisser les autres.

Un peuple de Poulets, dans la cour d'un château,
Vivait tranquille, heureux, sans procès, sans affaire.
Monsieur le chef, armé de son fatal couteau,

Parfois leur faisait bien la guerre,

Mais le deuil était court chez eux, comme chez nous;

Et Jeanneton, habile ménagère,

Les consolait par les soins les plus doux.

Tous les matins, à la même heure,

L'actif balai parcourait leur demeure;

Puis Jeanneton au limpide ruisseau

Allait pour eux remplir son seau.

Elle apportait du son, de l'avoine, de l'orge;

Présent toujours gaîment reçu;

Jamais trop, mais assez. Pourquoi du superflu?

Il faut qu'on se nourrisse et non pas qu'on se gorge.

Jeannette semait au hasard,

Sans faire à l'un plus forte part,

Et sans injuste préférence;

Chacun donc avait sa pitance,

Pourvu qu'il travaillât du bec:

Pas un n'était trop gras, et pas un maigre et sec.

A tous cet état devait plaire :

Les plus vieux, cependant, ne s'en arrangeaient pas;

Ils formaient une bande avide, haute et fière,

Qui se ligua, qui complota tout bas,

Et fit choix d'un Dindon qui, pour certain salaire,

(C'était, je crois, la dîme des repas)

Offrait de plaider leur affaire :

Il passait pour un orateur.

« Frères, dit ce prédicateur,

Apostrophant toute la troupe ailée,

« Votre bonheur est mon unique objet;

« Et c'est pour l'assurer qu'est conçu le projet

« Que je soumets à l'assemblée.

« Vous vous portez tous bien, mais ce n'est pas le point :

« Vivre suffit-il donc, si vous n'engraissez point?

« Et si l'on voit partout, à la ferme, au village,

« Des Poulets non moins beaux que vous?

« Tout ira beaucoup mieux si vous changez d'usage.

« Que chacun, sans être jaloux,

« Veuille, sur le grain que vous jette

« La trop économe Jeannette,

« Réserver le tiers ou le quart ;

« Cette réserve augmentera la part

« De quelques-uns de vos confrères,

« Qui, gros et gras, digérant tout le jour,

« Deviendront de vigoureux pères

« Et l'honneur de la basse-cour.

« Une privation légère

« Embellira bientôt votre espèce, et j'espère

« Que vos dames trouveront doux

« De s'unir à de tels époux.

«Quels seront les heureux? Convenons-en d'avance :

« Élire, c'est créer le dépit, la vengeance.

« Or, pour ne rien blesser, il me semble à propos

« Que ce soient les premiers éclos.

«De beaux esprits, Messieurs (la chose est très-certaine),

« Partagent cette opinion;

« Même hier près de moi, Jacquot, le marmiton,

« A voix haute, quoiqu'avec peine,

« Au lieu de fourbir son chaudron,

« La lisait dans la Quotidienne.»

Quand il eut fini son sermon,

« As-tu tout dit? lui cria-t-on;

« A notre tour, cerveau malade. »

Aussitôt, sans compassion,

On tombe sur le camarade

A coups de bec, à coups d'ergot;

On vous le bat, on vous le plume.

Il se sauva honteux et sot,

Et l'on s'en tint à la coutume.

FABLE XI.

Les deux Rivières.

Au même but, malgré leur diverse origine,

Deux Rivières coulaient dans le même canton.

L'une et l'autre faisait, dit-on,

Fort peu de cas de sa voisine.

Dans son lit plat, étroit, chacune se plaisait,

Et se croyait grande et puissante :

Un sot orgueil les abusait.

Bientôt l'art, dirigeant leur pente,

Les invite à se rapprocher ;

Mais chacune d'elles, trop fière,

A regret vers l'autre Rivière

A senti son urne pencher.

Les destins cependant l'ordonnent:

On se rencontre; ensemble il faut couler.

Leurs flots d'abord s'irritent et bouillonnent;

Ils se heurtent sans se mêler.

Suivez-les : une paix sincère

Va remplacer, un peu plus loin,

Par habitude et par besoin,

Leur répugnance passagère.

Dans leur cours triste et solitaire,

Le poids du plus léger bateau

Fatiguait leurs eaux ennemies,

Et maintenant les deux amies

Transportent sans peine un vaisseau.

Malgré leur vaine résistance,

Un ministère habile aurait pu, sans effort,

Rapprocher les partis qui divisent la France.

Bientôt tout eût marché d'accord :

Plus de coupables espérances ;

Plus de trop justes défiances ;

Et l'État fleurirait heureux, tranquille et fort.

FABLE XII.

Le Berger et son Chien.

Un Berger, son sceptre à la main,

Chaque jour conduisait ses moutons dans la plaine.

Il comptait bien trouver dans le croît et la laine

Un profit grand, net et certain.

Son Chien l'accompagnait, ministre nécessaire :

C'était un Chien d'un méchant caractère,

Sans pitié, sans compassion ;

Aussi l'appelait-on Cerbère.

Si quelqu'agneau, par inattention,

Prend un seul brin de l'herbe défendue,

Malheur à lui! Cerbère arrive droit,

Et jusqu'au sang, n'importe en quel endroit,

L'innocente bête est mordue.

Le troupeau marche-t-il? alors gare à la dent!

Tous en auront; habile qui l'évite.

Cerbère n'est jamais content :

Celui-ci chemine trop vite,

Et celui-là trop lentement.

La terreur suit cet animal farouche :

Les cris, les larmes ni le sang,

L'âge, le sexe ni le rang,

Rien ne l'émeut, rien ne le touche.

Mais, quand d'un pouvoir emprunté

Son indigne ministre abuse,

Le Pasteur sans doute irrité

D'un mauvais choix déja s'accuse?

Il voit le mal?—Eh! mon dieu, non;

A toute autre chose il s'amuse;

Il souffle dans sa cornemuse,

Ou peut-être il rêve à Suzon.

Le troupeau cependant dépérit de misère.

Le moyen d'engraisser quand on tremble toujours?

Puis, la peur chassant les amours,

Chacun restait célibataire.

Au bout de l'an mince fut le profit :

Berger, Moutons, tout en souffrit.

FABLE XIII.

Les Grenouilles.

Des Grenouilles dans un marais

Partout rempli de joncs épais,

Comme dans un fort retranchées,

A tous les yeux vivaient cachées.

Calme heureux qui ne fut pas long!

« Ah! disaient-elles, maudit jonc,

« Pourquoi couvres-tu nos retraites?

« Le ciel ne nous avait pas faites

« Pour vivre en cet obscur séjour:

« Il accordera quelque jour

« Aux Grenouilles enfin connues

« L'honneur de voir et d'être vues. »

Leurs cris, leurs plaintes, leur douleur,

Touchèrent un bon laboureur,

Dont la complaisante faucille

Exauça la verte famille.

Mais comme on regretta les joncs,

Quand les cigognes, les hérons,

Sans peine apercevant leur proie,

En deuil vinrent changer la joie !

Vivre dans l'ombre est parfois un peu dur;

Vivre au grand jour bien souvent n'est pas sûr.

FABLE XIV.

Le Vautour et les Oiseaux chanteurs.

Souvent le sommeil fuit les paupières royales,

Au Kremlin comme au Louvre, et même au Vatican.

Ses faveurs ne sont pas vénales,

Et Morphée est peu courtisan.

Le roi des airs aussi souffrait de son absence :

Tout se peignait à lui sous les couleurs du deuil ;

A ses côtés veillait la défiance ;

L'Aigle, en un mot, ne pouvait fermer l'œil.

Du peuple ailé monarque légitime ,

Père de ses sujets, objet de leur amour,

Comment dans son cœur magnanime,

Le soupçon s'était-il fait jour ?

Par les mensonges d'un Vautour.

Ce Vautour au regard sinistre,

Un beau jour devenu ministre

Par un heureux coup du hasard,

Sans cesse tourmentait la volatile engeance,

Qui, dans ses chansons, pour vengeance,

Lui lançait maint et maint brocard.

« Vous finirez, chansons maudites!

« Vous finirez, de par le roi. »

Ces paroles à peine dites,

Il vole vers son maître et feint un grand effroi :

« Sire, de tous côtés on raisonne, on murmure;

« Je crains un complot dangereux :

« Depuis long-temps la police m'assure

« Que ces gens-là sont trop heureux.

« Nous avons bien des lois, mais il est nécessaire

« Qu'on en fasse une encor qui les force à se taire. »

« — Eux dont la voix charmait les ennuis de ma cour,

«Ils conspirent! dit l'Aigle; ingrats! Pourtant, Vautour,

« N'oubliez pas que j'aime leur ramage:

« Aux conseils assemblés, selon l'utile usage,

« Ne proposez qu'une loi douce et sage :

« Oui, je veux une *loi d'amour.* »

Aussitôt dans chaque province

Le Vautour mande ses amis,

Et quand ils sont tous réunis,

Il travestit ainsi l'intention du prince :

« Jusqu'à présent inaperçus,

« De grands dangers, dit-il, menacent notre espèce :

«On chante!... or nous voulons que l'on ne chante plus.

« La voix de ces chanteurs est une voix traîtresse ;

« Ils savent tout, disent tout, et leurs chants

« Pour être vrais n'en sont que plus méchants.

« Avec leur musique indiscrète

« Bientôt le Rossignol ingrat

« Et l'audacieuse Fauvette,

« N'en doutez pas, vont renverser l'État.

« Nous vivrions dans la paix et la joie,

« S'ils avaient votre ton prudent,

« Sage Dindon, bienheureuse Oie !

« On obéirait mieux, on ne crîrait pas tant.

« Par tendresse pour eux autant que par justice

« Défendons-les de leur propre malice.

« Je me résume enfin : tou' ces oiseaux chanteurs,

« Je l'ai prouvé, sont des conspirateurs :

« Mon avis est de leur couper la langue. »

Vous que séduit une telle harangue,

De la pensée ombrageux ennemis,

En vain vous la frappez de stupides mépris;

En dépit des Midas, comme au temps des merveilles

Les roseaux parleront à défaut du papier :

    Vous les entendrez publier

    La mesure de vos oreilles.

FABLE XV.

La Poule.

« Chaque jour je vous ponds un œuf,

Dit une Poule à sa maîtresse ;

« Augmentez ma pitance, et, j'en fais la promesse,

« Avant peu vous verrez du neuf :

« Si j'ai double repas, vous aurez double ponte. »

Trop crédule la femme compte

Sur un profit clair et certain.

« Tiens, dit-elle, voici du pain

« Et de l'avoine, et du son et de l'orge. »

La Poule en prit jusqu'à la gorge ;

Mais la maîtresse y perdit, et beaucoup :

Un mois après, sa Poule tout-à-coup

Cessa de pondre ; elle était grasse.

« Accordez-nous encor tel titre, telle place, »

Disaient aussi des gens ambitieux,

Et, par besoin, jadis laborieux :

« Du salut de l'État nos talents vous répondent. »

On en a fait de grands seigneurs :

Depuis qu'ils sont gorgés d'or et d'honneurs

Voyez un peu ce qu'ils nous pondent !

FABLE XVI.

Les Taupes.

D'ÉOLE bravant les assauts,

Un chêne jeune encor, plein de force et de vie,

Seul offrait au milieu d'une vaste prairie

L'utile abri de ses rameaux.

Les troupeaux, les bergers, le peuple au doux ramage,

Sous son feuillage respecté

Rendaient grace à la main du sage

Qui dans ces lieux l'avait planté.

Assis un jour au pied de l'arbre tutélaire,

  Tout à mes méditations,

Je calculais combien de générations

   Sous son ombrage séculaire

   Pourraient venir se reposer.

  Tout-à-coup près de moi, sous terre,

  A voix basse j'entends causer :

« Chêne maudit, tu périras ! Naguère,

  « Dans le bon temps, nous étions fières

  « De voir nos seules taupinières

  « Dominer tout le plat pays :

« Il périra ! n'est-ce pas votre avis ?

  « Allons, faisons jouer la mine.

  « Ma commère, cette racine

  « Est votre affaire, attaquez-la. »

  « — De cette autre, que je sens là,

  « Vous vous chargez donc, ma voisine ?

  « Bientôt nous en aurons raison,

« Foi de Taupe, ou j'y perds mon nom. »

Vite on agit de la dent, de la patte ;

On ronge, on bêche, on mord, on gratte,

En aveugles, sans savoir où.

Et cependant nos mineuses velues

Se gardaient bien, de peur d'être aperçues,

De mettre le nez hors du trou.

Une autre Taupe à barbe grise

Leur dit alors ces mots, que j'entendis fort bien :

« Vous travaillez beaucoup et vous ne faites rien.

« Mes sœurs, abandonnez une folle entreprise ;

« Ou bien usez vos ongles et vos dents,

« Si vous aimez ce passe-temps.

« J'ai voyagé jadis : j'ai vu, dans d'autres terres,

« Des chênes en tout point pareils à celui-ci,

« Et leur tronc croissait affermi

« Malgré l'effort des Taupes étrangères.

« Quand cet arbre grandit pour le bonheur commun,

« Seules n'y verrons-nous que périls et dommage?

« La fraîcheur de ce sol est due à son ombrage:

« Profitons-en comme chacun.»

FABLE XVII.

Le vieux Renard et son Fils.

Ton fils le voit ou le saura :
Ce que tu fais, il le fera.

Un Renard, vieux pécheur, goutteux, paralytique,
Jadis l'effroi des poulaillers voisins,
Se trouvait condamné, de par les médecins,
A respecter la paix publique.
Faute de mieux, le voilà qui s'applique
A donner à son fils unique
Sur l'honneur et sur la vertu

Des leçons dignes du Portique.

Ce n'était pas le premier qu'on eût vu,

Vrai diable au fond du cœur, s'exprimer comme un ange :

Le temps peut nous dompter, rarement il nous change.

Tel qui se rit de Dieu, par la mode attiré,

Conduit dévotement ses fils devers Aurai (1).

« Mon fils, disait le nouveau sage,

« Nos frères sont, hélas ! pour la plupart,

« Grands pécheurs, adonnés au vol, au brigandage :

« Le ciel les punit tôt ou tard.

« Malheur, malheur à ceux que le bien d'autrui tente !

« Fuyez donc, ô mon fils, l'exemple des méchants,

« Et ne chassez qu'aux rats des champs,

« Aux taupes, aux mulots, engeance malfaisante :

« De peu la vertu se contente.

« Dieu vous préservera des trappes, des lacets,

« Du plomb mortel et des bassets. »

(1) Petite ville de Bretagne où les jésuites ont un collége.

Très innocent, mais très prêt à mal faire,

Le Renardeau cependant grandissait:

Je ne sais quoi l'avertissait

Qu'il n'était né pour si maigre ordinaire.

Un jour, se promenant, il trouve au coin d'un bois

Une jeune et blanche poulette.

Quel mets friand! D'un père oubliera-t-il la voix?

Osera-t-il emporter la pauvrette?

« Grâce, grâce, seigneur! nous étions six enfants,

« Et je reste orpheline, hélas! et sans parents:

« Votre père, seigneur, a mangé ma famille.

«— Il a croqué la mère, et j'épargne la fille!....»

Dit le jeune Renard. Tout scrupule cessa;

La pauvre poulette y passa.

FABLE XVIII.

Le Chien échappé.

Castor, ce chien que maintes fois peut-être
Vous avez vu, vigilant et soumis,
Tourner la broche ou garder le logis,
S'est échappé de chez son maître.
L'ingrat! s'être échappé de si bonne maison!....
— Ne le condamnez pas : Castor n'est point un traître ;
Il va prouver qu'il eut raison.
Son maître l'autre jour, dans un coin de la ville,
L'aperçoit et lui crie : « Ami, t'ai-je battu ?
« Reviens, Castor ; je t'aime. Eh! de quoi te plains-tu ?

« Suis-je à servir si difficile?

« — Non, repartit le Chien, non; vous êtes fort doux,

« Aimable maître, excellent homme :

« En suis-je plus heureux, si vous souffrez chez vous

« Un valet brutal qui m'assomme. »

Du mal qu'on devait empêcher

N'est-on pas coupable soi-même?

Ton amour ne peut me toucher

S'il se borne à dire : « Je t'aime.»

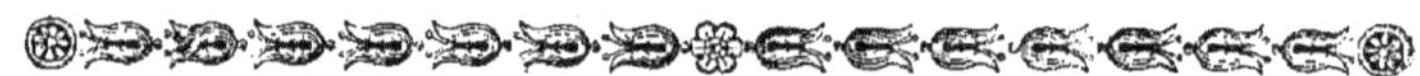

FABLE XIX.

Le Merle et les Corbeaux.

CERTAIN Merle, dans son bocage,

Vivait honoré, respecté :

C'était vraiment un personnage.

Les oisillons du voisinage

Ne passaient point de son côté

Sans lui présenter leur hommage.

Mais pour lui quel mince entourage !

Près des grands il se plairait mieux.

Perds-toi donc, et cherche, orgueilleux,

Des amis d'un plus haut parage.

« Ah! dit-il, voici des Corbeaux :

« Qu'ils ont l'air noble! qu'ils sont beaux!

« Je veux vivre avec eux : j'ai le même plumage;

« Moins de taille il est vrai, mais aussi mon ramage...

« En moi déjà je sens un esprit tout nouveau :

« Foin des merles! je suis Corbeau. »

Le voilà donc mêlé parmi la bande,

Sans qu'on y fasse attention.

D'un ton froid et hautain à peine on se demande

Quel est ce petit embryon.

Bassesse et vanité souvent logent ensemble :

Mon Merle en est la preuve; il prend d'humbles façons,

Il se prosterne, et, d'une voix qui tremble,

Adresse quelques mots à ses fiers compagnons.

Un coup de patte le fait taire.

L'instant d'après on trouve du butin;

Rien ne manquait, l'appétit ni la chère;

Il veut prendre place au festin :

« Alte-là ! lui dit-on ; vous êtes un peu leste ;

« Vous en aurez, mais s'il en reste. »

Le repas fait, la troupe part : le vent

Par hasard a poussé le faible oiseau devant.

Lors un Corbeau, pour injure dernière :

« Mon petit, tenez-vous derrière. »

Se souvenant enfin de ses anciens amis,

Le Merle fuit à tire-d'aile,

Et va, bien corrigé, retrouver son pays

Et l'aubépine paternelle.

Malheur à qui sort de son rang !

Je suis plus petit près d'un grand.

Que chacun reste à son étage,

C'est le plus sûr et le plus sage.

FABLE XX.

Le Microscope.

Avez-vous été dans les Indes,

Ce paradis des animaux?

Vous auriez vu des hôpitaux

Bâtis pour les moutons, pour les bœufs, pour les dindes.

Les adorateurs de Wistnou,

Auprès d'un aloyau, devant une poularde,

Mourraient plutôt de faim (mais cela les regarde)

Que d'en avaler peu ni prou.

Sottise! préjugés! Nous avons bien les nôtres :

Je n'irai point leur dessiller les yeux,

Et leur ôter leur croyance et leurs dieux,

Sans pouvoir leur en donner d'autres :

Ce soin n'appartient qu'aux apôtres.

Un voyageur fut moins prudent :

Chez un brame accueilli, l'habitant de l'Europe

Lui fait présent d'un Microscope ;

Puis il le quitte, en lui recommandant

De bien examiner, à travers la lunette,

Tout ce qu'il met sur son assiette.

Quel désespoir dès le premier repas !

Il aurait juré le bon brame

Que dans sa vie il n'avait pas

Croqué la moindre petite âme,

Et tout-à-coup il voit, hélas ! qu'à belles dents

Il dévore en un jour des milliers de parents.

« Hôte cruel, dit-il, que le ciel te pardonne !

« J'ai perdu mon repos en perdant mon erreur :

« Ce don fatal me fait horreur ;

« Il ne nuira plus à personne. »

Le bramine au même moment,

A regret détrompé d'une heureuse chimère,

Saisit l'odieux instrument

Et le brise contre la terre.

Raison et vérité, votre utile flambeau

Doit guider le siècle où nous sommes ;

Mais quand on leur ôte un bandeau

C'est le bonheur qu'il faut montrer aux hommes.

Tel me raille en secret qui se dit mon ami !

Celle que j'aime m'a trahi !

Méchant, que dites-vous ? avec ma confiance

J'étais heureux du moins, et vous la détruisez ;

Mon cœur était en paix, c'est vous qui le brisez :

Ah ! rendez-moi mon ignorance !

FABLE XXI.

Les Bœufs et le Boucher.

Chez un Boucher, dans une vaste étable,
Un grand troupeau de Bœufs ignorait son destin,
Quoique la hache redoutable
Frappât l'un d'eux chaque matin.
Résister eût été facile;
Ils avaient la force et le droit:
Mais non; chacun reste tranquille
Au coup que son voisin reçoit.

Sur le commun péril on s'endort; on espère

Que la victime de ce jour

Doit enfin être la dernière.

Hélas! c'est aujourd'hui son tour,

Et demain ce sera le vôtre.

Les insensés! rien ne put les toucher;

Ils en furent punis : sans peine le Boucher

Les tua tous l'un après l'autre.

Ah! mes amis, dans les dangers

Unissons-nous pour nous défendre :

Nos malheurs ont dû vous apprendre

Que l'on se flatte en vain d'y rester étrangers.

L'égoïsme et l'imprévoyance

Naguère ont causé tous nos maux;

Seuls ils donnèrent à la France

L'échafaud pour autel, et pour rois les bourreaux.

Chacun, en s'isolant, laissa frapper son frère,

Quand tous devaient briser l'homicide instrument :

Sans ce fatal aveuglement

Peut-être aurais-je encor un père !

FABLE XXII.

Les voeux de l'Ane.

« J'entends parfois des gens stupides

« Appeler le printemps la saison des plaisirs;

« C'est plutôt celle des soupirs,

« Disait l'Ane, les yeux humides.

« Mon maître, hélas! tous les matins

« Sur mon dos charge ses jardins :

« Arbustes, fleurs, caisses et terre,

« Disposés comme par gradins,

« De moi font un vivant parterre

« Pour les amateurs citadins.

« Je n'y tiens plus : ah ! quelle vie !

« Arrive, été, je t'en supplie ;

« Viens terminer mes longs chagrins. »

L'été paraît, mais il amène

A sa suite nouveaux soucis :

Autre temps enfin, autre peine.

Deux pesants mannequins, de légumes remplis,

Dès le retour de chaque aurore

Placés sur le baudet, le désolent encore.

« Que l'été nous cause de mal !

« Automne, mon espoir, dit le triste animal,

« Écoute la voix qui t'implore. »

Paré de fruits, l'automne accourt :

Sous un fardeau tout aussi lourd

Il faut bon gré mal gré cheminer vers la ville.

L'Ane déjà voudrait que l'hiver fût venu,

L'hiver, où, chez soi retenu,

Chacun vit heureux et tranquille.

L'hiver pourtant ne fit qu'aggraver son destin :

Le maître incessamment entasse,

Sur ses reins engourdis, la dégoûtante masse

Du fumier qu'attend le jardin :

Enfin, pour comble de disgrâce,

Trop souvent le cruel bâton

Ajoute aux maux de la saison.

Dans ses nouvelles doléances

L'Ane soupire après son premier sort :

Hélas ! il n'est à ses souffrances

Plus de remède que la mort.

Nos vœux, nos espérances vaines

Ne peuvent rien sur l'avenir.

Sachons donc supporter d'inévitables peines :

L'homme en toute saison doit s'attendre à souffrir.

FABLE XXIII.

Le Chasseur et les Bassets.

« Les maudits chiens ! Ronflant ! Faraut ! Miraut !

« Par-là, petits, par-là ! Le Lièvre a fait en sorte

« De les mettre tous en défaut ! »

Enfin la troupe à jambe torte,

La queue en l'air et le nez bas,

Revient près du Chasseur, sans se presser d'un pas.

« Vous me volez, coquins, le pain que je vous donne :

« Comment ! je chasse avec vous tous les jours,

« Et vous vous traînez quand je cours !

« Ah ! paresseux !.... » Et puis il assaisonne

De coups de fouet cet obligeant discours.

« Frappe, mon maître, mais écoute

(Lui répond Miraut, qui sans doute

Avait lu les historiens) :

« Le sort nous a fait naître chiens :

« As-tu droit pour cela, sans motif, de nous battre ?

« Tu chasses avec nous ? oui : mais tu ne dis pas

« Que tandis que tu fais un pas

« Il faut que nous en fassions quatre.

« Nous sommes tous exténués, rendus ;

« En un mot nous n'en pouvons plus.

« Que gagnons-nous d'ailleurs à cette chasse ?

« Du pain noir. Cependant, grâces à nos travaux,

« Ta table s'enrichit des plus friands morceaux ;

« Un bon souper tous les soirs te délasse.

« Que l'on nous paie au même prix,

« Notre constance est assurée :

« Mais pour nous sont les coups, et pour toi la curée.

6.

« Va, maître, tu seras surpris

« Du zèle ardent de ta meute fidèle,

« Quand des lièvres tués ou pris

« Elle aura la moitié pour elle. »

Partout règne l'abus dont Miraut se plaignit :

Dans l'église, l'armée ou les bureaux, l'aubaine

Rarement échoit au petit;

De pauvres diables ont la peine,

De gros messieurs ont le profit.

FABLE XXIV.

La Chatte.

Dans les trous d'un certain logis,
A la cave, au grenier, enfin à chaque étage,
Vivaient, aux dépens du ménage,
Force rats et force souris.
Et Minette, que faisait-elle?
Parfois sans faire sentinelle,
Nonchalamment, Minette en prenait un,
Le portait au salon, le tenait sous sa patte,
Pour entendre dire à chacun :
« Ah ! que Minette est bonne chatte! »

L'espèce cependant à l'aise pullulait :

Tout était dévoré, les vivres,

Le linge, les habits, les livres ;

Et le maître se désolait.

Il invente à la fin certaine souricière,

Avec certain appât, dont la friande odeur

Vers la machine meurtrière

Conduit ce peuple maraudeur,

Et par douzaine il les attrape :

Tous périront sous la fatale trappe.

« Un moment ! guerroyons, mais n'exterminons pas,

Se dit un jour Minette en elle - même ;

« Au logis s'il n'est plus de rats,

« Du logis sans regret on chassera les chats :

« On craint notre ennemi bien plus qu'on ne nous aime.

« Monsieur mon maître, alte-là ; votre bien

« N'est point d'accord avec le mien.

« Vivent les rats ! » D'un coup de patte

En secret tous les soirs détendu par la chatte

Oncques depuis le piège ne prit rien;

Et fort long-temps à cet adroit moyen

Minette dut faveur et gloire :

De sa griffe on avait besoin ;

Ou plutôt (et c'est le grand point)

Elle avait su le faire croire.

De ma Chatte et de son dessein

On retrouve ailleurs l'artifice :

Par exemple, notre Police

Voudrait - elle que la Justice

Fît pendre le dernier coquin ?

FABLE XXV.

La Fourmilière.

Une Fourmilière croula :

Le désastre arrivé, chacun, selon l'usage,

S'en prit à son voisin, qui, s'il eût été sage,

Eût prévenu ce malheur-là.

Amis, n'accusons donc personne

Quand peut-être tous ont des torts !

Et, d'ailleurs, tôt ou tard l'heure fatale sonne

Où tout périt ; le temps voit, sous ses longs efforts,

Tomber la pyramide altière

Et les empires les plus forts :

Il renversa la Fourmilière.

Trouble affreux parmi les Fourmis :

Quelques-unes se sont hâtées

D'aller chercher secours en de lointains pays,

Et d'autres, hardiment restées,

Au milieu des périls jetées,

Gardent et sauvent les débris.

La Reine cependant près d'elle les rappelle,

Se met en marche, et son peuple avec elle.

Tout bien examiné, le vallon, le coteau,

On s'arrête : la Reine, en habile architecte,

Dans un lieu qu'Éole respecte

Trace le bâtiment nouveau.

Il s'élève, et la troupe entière

Pourra braver l'âpre saison,

Tranquille dans une maison

Plus commode que la première.

Qu'il est doux de trouver, après de longs travaux,

Une retraite sûre et l'oubli de ses maux !

Nos Fourmis donc avec délice

Goûtent d'abord l'abri du nouvel édifice ;

Mais, dès le lendemain (ô trop commun caprice !),

Pour l'une il est trop grand, pour l'autre trop petit ;

Celle - ci voulait qu'on le fît

Tout juste au haut de la colline,

Tandis qu'il semble à sa voisine

Qu'on devait le placer, pour plus d'une raison,

Précisément dans le vallon.

Lors chacune à sa guise agit, et fait en sorte

De bouleverser tout : on dérange, on emporte

Tantôt un brin de paille et tantôt un fétu.

Expérience, à quoi sers-tu ?

Hélas ! déjà la troupe noire

Du désastre récent a perdu la mémoire !

La prudence en vain parle : on méprise sa voix ;

On démolit, et l'édifice

Tombe pour la seconde fois.

Il n'est plus temps qu'on rebâtisse :

On touchait aux rigoureux mois.

En peu de jours ce peuple aveugle et téméraire

Périt de faim, de froid et de misère.

FABLE XXVI.

Les Malades et les Médecins.

Il n'est qu'un moment pour bien faire ;

On le perd quand on le diffère.

Pauvre famille ! infortunés enfants !

La Mort, assise à votre porte,

Livre de la maison les pâles habitants

A son impitoyable escorte.

Un prompt secours peut encor les guérir ;

Mais s'il tarde, tous vont périr.

La Charité, qui nuit et jour voyage,

En passant vit leurs maux et courut avertir,

En le suppliant de partir,

Un Médecin du voisinage.

« C'est bien, dit le Docteur; j'irai. — Mais hâtez-vous.

«—Demain.—Non, aujourd'hui.—Je dois à mon confrère

« Dire deux mots sur cette affaire;

« Il est certains égards qu'on observe entre nous. »

Il fallut donc se voir, se concerter, s'entendre;

Tout cela prit du temps; chacun se fit attendre.

Cependant nos Docteurs, après bien des délais,

Se sont acheminés vers la triste chaumière :

Enfin à pas comptés tous deux arrivent, mais

On portait la famille en terre.

« Peuples chrétiens, voyez mes maux ! »

Ainsi criait la Grèce. Imprudents que nous sommes,

Notre pitié timide animait ses bourreaux :

Nous pouvions, sans combat, sauver un million d'hommes;

Nous nous battrons pour des tombeaux.

FABLE XXVII.

Le Ruisseau.

« Ton murmure, importun Ruisseau,

« Fatigue enfin ma patience :

« Cesse à l'instant; tu dois dans un humble silence

« Traîner ton maigre filet d'eau. »

A cet ordre brutal, d'une voix douce et vive,

Sans s'étonner, le Ruisseau repartit :

« Monsieur, élargissez ma rive;

« Otez ces cailloux de mon lit;

« Et faites, en un mot, que je coule à mon aise;

« Si vous voulez que je me taise. »

TABLE DES FABLES.